たった1°のもどかしさ
恋の数学短歌集

横山明日希 編著

河出書房新社

運命的な出会いは、突然やってきます。

2人は、出会うべくして出会ったともいえるでしょう。
そして2人は、あたかもこれまでずっと一緒にいたかのような、
不思議な温かさと、美しさに包まれます。

数学と短歌。

一見、遠い分野のようで、
実は何かつながるものがあるかもしれません。
数学という世界を取り入れることで、
短歌で表現できる世界が広がります。

この本は、
愛をテーマにした「数学短歌」をまとめた短歌集です。

数学同好会に所属する高校2年生の男の子と、
地方から転校してきた文芸部の女の子。

自分にはない相手の魅力に惹《ひ》かれ合う、
そんなちょっと甘酸っぱい２人のストーリーを添えて、
「愛と数学の短歌」をあなたに届けます。

登場人物紹介

澤田恭平
（さわだ・きょうへい）

高校2年生。文理選択では理系を選び、部活は数学同好会。一度気になったことはとことん考えないと気が済まないタイプ。同じクラスに転校してきた梨花に一目ぼれ。自分とは違うタイプの梨花にどうアプローチしたらいいかわからず、不器用ながら数学同好会に誘ったり、一緒に下校したりと、本人なりに頑張っている。

北村梨花
（きたむら・りか）

高校2年生。東北地方の県立高校から転校してきた。元文芸部で全国高校生短歌大会に出場経験もある、日常的に短歌に触れている少し珍しい高校生。東北と東京の環境の違いに戸惑いながらも、積極的にアプローチをかけてくる恭平に対しては異質の存在と思いつつも好意的。また、恭平が好きな数学にも魅力を感じ始めている。

本文・カバーイラスト　いつか

目次

本書は、編著者の横山明日希が企画し、Twitter上で実施した「愛と数学の短歌コンテスト」に投稿された短歌を中心に集めたものです。

たった1°のもどかしさ

恋の数学短歌集

I　出会い

２０△△年4月6日。

「あー、新年度初日から遅刻かぁ」

始業式にもかかわらず電車で寝過ごしてしまった澤田恭平。

半ばあきらめつつ登校していると、ゆっくりと前を歩く同じ学校の制服を着た女の子を見つける。

（お、遅刻仲間だ……って、なんかフラフラしながら歩いているし、変だな。体調でも悪いのかな）

いつもだったらそのまま素通りする恭平だったが、自然と前を歩く女の子に声をかける。

「大丈夫……ですか？」

女の子はびっくりした顔で恭平を見ていたが、しばらく沈黙したあと、小さな声でこう答えた。

「えっと……大丈夫です。迷っているだけですので」

「え、学校に行くのに迷うって……あれ、もしかして今日から来るって噂の転校生？」

「そうです。もしかして、あなたも2年生ですか？」

少し明るい表情になった女の子。

（わ、可愛い！　そしてよく見ると肌も白いし……声も透き通った感じで心地よい……いや、落ち着け俺！）

一瞬女の子に見とれていた恭平だが、ふと我に返る。

「そうだよ。俺の名前は澤田恭平。よろしく」

「ありがとう。私の名前は北村梨花。よろしくお願いします」

「とりあえずついてきな」

恭平はそう言って足早に歩き出した。

「へえ、北村さんって岩手出身なんだね。お父さんの仕事の都合で東京に来たんだ」

「突然転校することになって……あ、そうだ、澤田くんって部活、何しているの？」

「俺は数学同好会に所属しているよ。いまは5人の小さい同好会なんだけど、楽しいメンバーだよ。そして新入生も増えるし、新メンバー募集中。北村さんも入るかい？」

「数学同好会？　珍しい部活に入っているのね。私は前の学校では文芸部で短歌をやっていて。私も珍しい部活なのかも。むしろ、一緒に短歌やろうよ」

（え、短歌？　冗談だろ……ってなんか真剣な目で見てくる……）

梨花のまっすぐな目に少し恥ずかしさを感じながらも、恭平は梨花の目を見つめ直しこう答えた。

「じゃあ、俺が数学教えるから、北村さん、短歌を教えてよ！」

真剣に返してきた恭平の顔を見て、思わず梨花は吹き出してしまった。

「あはは！　それ、合理的かもしれないね。むしろ数学も短歌も一緒にやっちゃうとか？　『数学短歌』って、意外と面白いかも」

「数学……短歌？　よくわからないけど、響きは面白いね！」

「面白いから、ちょっと考えてみようよ。ね、澤田くん」

ベクトルの定義によれば
「方向と大きさを持つ」つまり恋だな

泳二

ベクトルとは「向き」と「大きさ」を持つものをいう。x, y 平面上に原点（0,0）から（1,2）までのベクトルを$\vec{a}$とおくと$\vec{a}=(1,2)$ のように表せる。恋も大きさや向き（対象）を持つと捉えると、ベクトルと恋は似ている側面がある。

「君が僕を好きではないと仮定する。」

恐る恐る矛盾を探す

たじたじ

証明したいこととは逆の条件が成り立つことを仮定して、その仮定の矛盾を見つけることで論理が成り立つことを証明する方法を、「背理法」という。

計算の演習問題「席替えで君が隣に来る確率は？」

蒼

ある現象が起こることが期待される割合のことを確率という。たとえば、コインを投げて表が出る確率は$\frac{1}{2}$、サイコロを1回投げて3が出る確率は$\frac{1}{6}$となる。もちろん、席替えで隣に来る確率も求めることができる。

なやんでも答えの出ない問いがある　まず算数が教えてくれた

笛地静恵

算数・数学を嫌いになる理由の1つに、「何がわからないかわからないので質問すらできない」というものがある。

恋愛の漸《ぜん》化《か》式《しき》を立てようも第1項がまだわからない

積ブーメラン

数列の前後の項の関係を表した式のことを「漸化式」という。必ずしも1つ前の項だけで次の項を表すことができるわけではなく、2つ以上前の項を使って表すこともある。

COLUMN

漸化式って何者？

「漸化式」を使うことで、数字が並んだ「数列」を「数式」で表すことができます。たとえば、

4,8,12,16,…

という4ずつ増える数列があった場合、n番目の項をa_nとするとa_nとその次の$n+1$番目の項a_{n+1}との関係は、

$$a_n + 4 = a_{n+1}$$

という式で書くことができます。

2,4,8,16,…

という2倍ずつ増える数列の場合は、

$$2a_n = a_{n+1}$$

という式で書くことができます。また、2,4,8,16,…の数列の1番目の項（初項）は「2」となりますが、この1番目の項の情報も加えた式が漸化式となります。1番目の項はa_1と書くことができ、まとめると、

$$2a_n = a_{n+1},\ a_1 = 2$$

となり、これが、2,4,8,16,…の数列の漸化式となります。

この恋の導きかたも三通り
くらいあってもいいじゃん、先生

九条はじめ

数学の問題において、答えは1つだったとしてもその解き方が複数あることがある。いわゆる「別解」が存在する問題もある。

あの恋の解を求めよ。自分の気持ちは
無視せよ。1問5点。

物部理科乃

1つ以上の変数（未知の値）を含む等式を方程式という。同じ方程式であれば何度解いても同じ解になる。

付き合った期間平均どれくらい？
答えられない0÷0は

expo_one

0で割るということは意味をなさないものである。つまり、0÷0の答えは不定になる。

COLUMN

0÷0はやってはいけない？

何かの数字を0で割る割り算のことを「ゼロ除算」といいます。

しかし、このゼロ除算、通常の数学においては意味をなさない割り算となっており、0で割ってはいけないことになっています。

なぜ、0で割ってはいけないのでしょうか？

具体的な例をもとに考えれば理解することができます。

たとえば、りんご6個を3人で分けるとき、6÷3＝2となり、それぞれ2個のりんごをもらうことになります。

この例で6÷0を考えるとどうなるのでしょう。りんご6個を0人で分ける、ということになりますが、そんなことが可能でしょうか？

いえ、そんなことできませんね。このように、0で割ることは定義することができないのです。

● りんご6個を3人で分ける

● りんご6個を0人で分ける

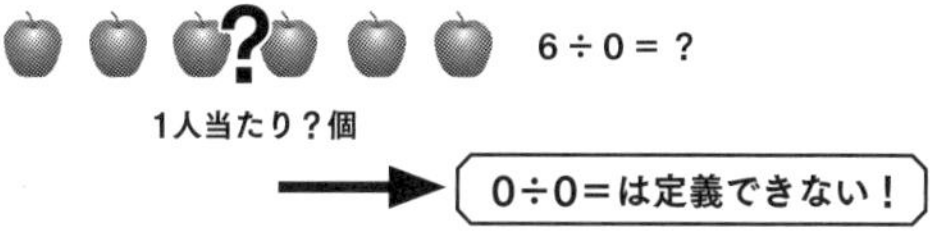

ちなみに、手持ちのスマホで0÷0をやってみてください。きっと「エラー」などと表示されるはずです。

3回はおそらくすべて虚数解
モテ期は来ぬとつぶやくばかり

増田

$x^3-x=0$ のように、x^3 が含まれている方程式のことを3次方程式という。3次方程式は3つの解を持つが、その解が実数ではなく虚数（2乗すると -1 になる不思議な数）の解となることがある。ちなみに、3次方程式の解がすべて虚数解になることはありえない。

叶わぬ恋収束させたいこの思い
されど想いは発散するのみ

夢之島

ある関数や数列が、ある一定の値に近づいていくことを「収束する」というが、収束しないことを「発散する」という。たとえば、常に大きくなり続けて無限大まで大きくなる場合は、発散するといえる。

恋の為相手を測ろう頑張るも
何も測れず平均代入

AσαYYη@数ぽよ

観測された値の総和を観測したものの個数で割ったものを平均という。大きさの異なる3つの卵の重さが 40g、45g、50gのとき、平均は（40＋45＋50）÷3＝45（g）となる。

君からの僕の評価は空集合
中身がなくてカッコだけだと

expo_one

ある性質を持つ集まりを集合といい、その集合をつくる個々のものを要素という。空集合とは、その要素をまったく持たない集合のこと。数学においては、何も含まない集合も、集合として扱う。

34

座標から距離の出し方知ったけど
距離の詰め方教科書にない

横山明日希

2点間の距離は、2点の座標を使って求めることができる。2点を$X(a,b)$，$Y(c,d)$とすると、距離dは$d=\sqrt{(c-a)^2+(d-b)^2}$で求めることができる。

僕たちのたったひとつの命題は未知数ばかりで解はまだない

すがですが

数学には証明されていない未解決の問題がたくさんあり、「未解決問題」と呼ばれている。その中でも有名な未解決問題には懸賞金がかけられ、「ミレニアム懸賞問題」(→P111)と名づけられている。

この恋は発散収束それとも離散
なんでもいいから解を与えて

サンスクリット弓道系

よく見かけるグラフの曲線などはつながっているため「連続」というが、点がとびとびでつながっていないものを「離散」という。グラフの形状を表現する方法としても、ある一定の値に近づいていくことを「収束する」というが、収束しないことを「発散する」という。

平行線1°動けば交差する
だから私も一歩踏み出す

ごまだれ

2直線を限りなく伸ばしたとしても交わることのない関係の直線同士のことを平行という。平行同士の2直線は 180° の関係にある。

COLUMN

2直線が交わらなければ平行？

「平行とは何か」を説明するとき、あなたはどう説明しますか？「2本の直線が交わらない関係のとき、その直線同士は平行」と答えたくなるかもしれませんが、もう1つ大切な情報があります。

それは、「同一平面上にある2本の直線」という条件です。「同一平面上にある2本の直線で、2本の直線が交わらない関係のとき、その直線同士は平行」が正しい平行の説明になります。

では、「同一平面上にない」かつ「2本の直線が交わらない関係」の2直線はどんな状態なのでしょうか？

それは、「ねじれの位置にある」状態の2直線です。

● 平面上

どんなに伸ばしても
交わらない
……つまり“平行”

● 空間上

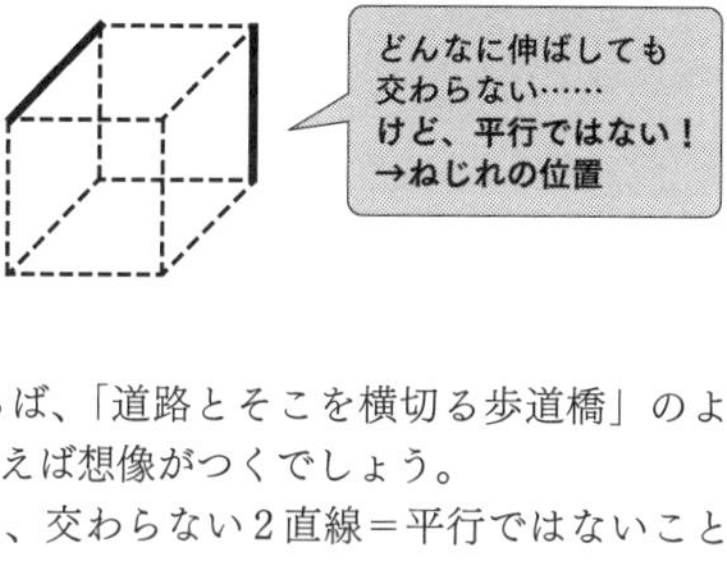
どんなに伸ばしても
交わらない……
けど、平行ではない！
→ねじれの位置

たとえるならば、「道路とそこを横切る歩道橋」のような状態の2直線といえば想像がつくでしょう。

このことから、交わらない2直線＝平行ではないことがわかります。

赤い玉何回引けば叶うかな
僕の気持ちは指数関数

saito fumiya

a^n など、a の n 乗のことを a のべき乗というが、指数とはたとえば、2^3 の「3」のこと。指数関数は $y=2^x$ のように指数のところに x が含まれる関数で、x の値が大きくなると急激に y の値が大きくなる性質を持つ。

II　告白

２０△△年5月7日。

ゴールデンウィークも終わり、学校生活も少し落ち着いてきた頃。

屋上にいる恭平はこの日、約30回目の同じ決意をする。

(思い立ったらすぐに行動。俺は、北村さんに告白する。そして、最高の学園ライフを送るんだ。俺は、彼女の美しい言葉を、毎日近くで聞きたいんだ)

恭平は梨花に告白する決意を心でつぶやいていた。

(そろそろ北村さん、来るはず……俺は告白するって決めたんだ……ってこれ、何回言い聞かせているんだ俺は)

ふと我に返り、屋上への入り口に目を向けると、まるでタイミングを計ったかのように扉が開いた。

「あ、いた！　澤田くん、放課後に屋上に来てって……今日の同好会は行かないの？」

「いや、行くつもりだよ。もちろん。でも、ちょっと話したいことがあって」

「え、そんな用事だったらさっき教室で話してくれればよかったのに」

「ううん、そうじゃなくって……えっと……」

「新作の数学の問題？　それとも短歌を詠もうとして景色を見にきたのかな」

(頑張れ、俺。何度も朝からシミュレーションはしている。その通りに動けば、成功する)

「あれ、もしかして何か私いけないこと言った？」

「……北村梨花さん！　好きです」

「わ……」

「わ？　ごめんねいきなり！　短歌も好きなんだけど、それよりも北村さんのことが好きなんです！　付き合ってくれませんか？」

恭平は自分の積極的な発言に自分で驚きながらも、告白を続けていた。

念入りに練習したシミュレーションはすでに恭平の頭からは消えていた。

「……」

しばらくの沈黙のあと、先に切り出したのは梨花だった。

「澤田くん、ありがとう。実は最近私も澤田くんのこと気になってて」

「わ……」

「ふふ……私のさっきの反応と同じだ。で、最初は数学のことが気になっているだけかと思っていたんだ。でも澤田くんのことも好きなんだって気づきました」

「え、ということは……」

「はい、こちらこそよろしくお願いします。付き合いましょう」

「やったー！　ありがとう。よろしくお願いします。僕たち、数学も短歌も詳しいカップルだね」

半分の距離に寄ってもいいですか
何度なら許してくれますか

のったん

直感的には理解できない不思議な性質のものを「パラドックス」という。有名なパラドックスの話で「ゼノンのパラドックス」というものがある。ある地点へ行くとき、ある地点へ半分の距離だけ近づく瞬間や、またその半分の距離だけ近づく瞬間がある。これをいくら繰り返しても、いつまでもある地点にはたどり着けないというもの。

あと半分あと半分と少しずつ
想いを寄せても届かないんだ

横山明日希

実際に、半分進みさらにその半分進み…という近づき方をした場合、全体の距離を 1 とすると$\frac{1}{2}+\frac{1}{4}+\frac{1}{8}+\frac{1}{16}\cdots$という寄り方になる。無限に足した場合、この数式の答えは 1 となるが、人生は有限なのでたどり着くことはできない。

君の進む道を追いかけ寄り添えど
漸近線の近くて遠い

醒留王ガイアール・リュウネンドラゴン

漸近線とは、ある曲線が原点（x 軸と y 軸が交わるグラフを描く基準の点）から遠ざかるにつれて、限りなく近づいてはいくが、決して交わったり接したりしない直線のこと。

無慈悲にも定められてる漸近線
友だち以上恋人未満

kigure

漸近線の具体例として、x の値が大きくなるにつれて、$y=1$ に限りなく近づくが決して $y=1$ にならない曲線があったとき、その曲線の漸近線は $y=1$ となる。y の値が 0.9、0.9999、0.99999999999と限りなく 1 に近づいていくが 1 の値を超えることはない。

もう少し弾む会話が欲しいのに
解の公式使ってばかり

深水遊脚

方程式の解を求める一般的な公式を解の公式という。

2次方程式 $ax^2+bx+c=0$ の解の公式は $x=\frac{-b\pm\sqrt{b^2-4ac}}{2a}$ で表される。

今までに覚えてきた公式も
あなたの前じゃ解が出せない

まくら@5月病

公に定められている数式で表される定理のことを公式という。公式を使えば簡単に解ける問題も存在するが、公式だけを使うのが数学ではないことに注意されたい。

君のこと明日好きならば明後日も
いつか伝える今日の気持ちを

コロちゃんぬ

「数学的帰納法」という証明方法がある。「すべてのカラスが黒い」ことを、数学的帰納法を使って示そうとするなら、1羽目に出合ったカラスの色が黒い、次に出合ったカラスも黒いということは、前に出合ったカラスが黒いからこの次に出合うカラスも黒いだろう、という論理展開になる。

机上では好きを証明できたのに
面と向かうと成立しない

y0k0t0m0

証明とは、ある事柄・命題が正しいことを明らかにすること。そのために、式を変形したり論理を述べたりして、結論を導く。

背理法あなたの心を知りたいが
仮定も出来ない私は臆病

panaffy

もしあなたの心を知りたいという気持ちを背理法（→P21）で証明するなら、「あなたの心を知りたくないと仮定する」ことになる。

愛してないそう仮定することさえも
できないぐらいに愛しています

おしりす

与えられた条件の否定を仮定して論じる背理法という証明方法がある。その背理法を使わなくても明らかに成り立つ主張の場合、「自明である」と述べるだけで証明ができることもある。

COLUMN

背理法は推理小説でよく使われる？

「背理法」という言葉を数学以外で聞くことはほとんどないかもしれませんが、実は日常でも使われることが多い証明方法です。

よく使われるのが推理小説。たとえば、「Aさんが犯人でないことを証明する」ために「Aさんが仮に犯人であると仮定」して、その仮定によって生じる矛盾を探します。

矛盾が起きるということ、つまりそもそもの仮定であるAさんが犯人であるということが間違いであることがわかり、「Aさんは犯人ではない」ことが証明されます。

この証明プロセスが、まさに背理法の証明方法なのです。

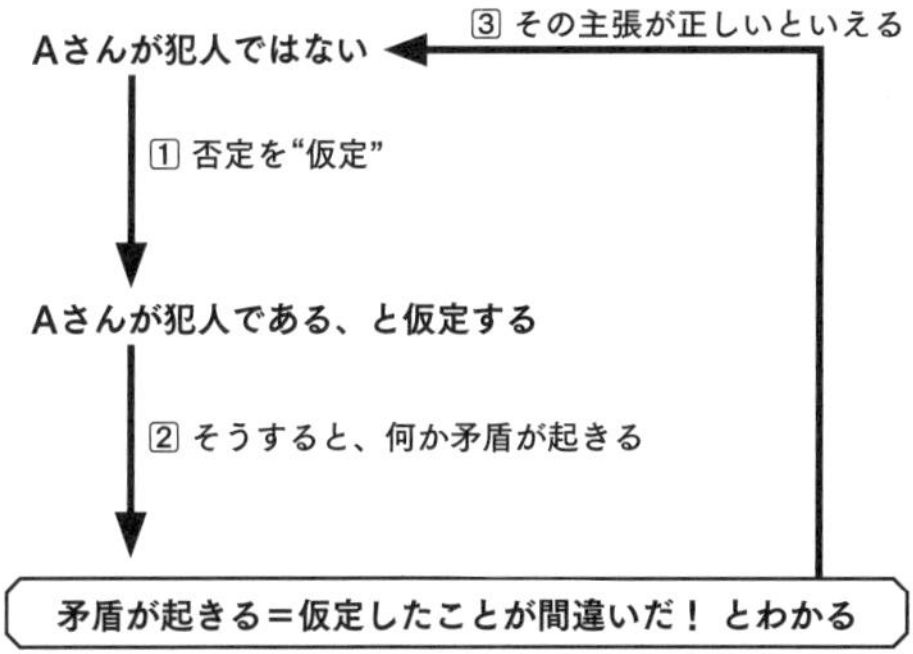

四捨五入して繰り上げた思いでも
構わないから好きと言ってよ

いなば・みゆき

四捨五入とは、ある桁の数字に注目して、4以下の場合は切り捨て、5以上の場合は繰り上げるという手法。

好きな人求めるあなたの方程式
解一つかなそれ私かな

コロちゃんぬ

1つ以上の変数（未知の値）を含む等式を方程式というが、方程式によって解がなしのときもあれば1つのときもあり、もっと複数存在するときもある。

一人から二人になったこの縁は
奇数と偶数あわせて奇遇ね

キッド

2で割り切れない整数のことを奇数という。数学的には奇数＋偶数は奇数である。

この愛は帰納的には示せない
けれど途絶えを僕は知らない

あーと

k 以下のすべてで命題が真であるとき、$k+1$ の場合も命題が真であることを示す方法を数学的帰納法というが、前の命題と次の命題の関連がないときはこの帰納法を使うことはできない。

仮定するきみ幸せにできないと
一生かけて矛盾示すよ

はるね

「君を幸せにできない」と仮定したということは、元の命題はその否定の「君を幸せにできる」となる。

放課後に2人で覚えたあの式は初めて示した恋の公式

横山明日希

公式によっては、別の公式や別の定義などからその公式を示す（証明する）ことができるものもある。公式をそのまま暗記することもあるが、公式の成り立ちを理解することで記憶に残りやすい。

アイという見えないものを認めると世界は少し美しくなった

水宮うみ

虚数「i（アイ）」は 2乗すると -1 になる数字。方程式や複素解析、複素平面という各分野で虚数 i は使われることが多く、この虚数 i を導入することでそれぞれの分野は発展していった。

COLUMN

存在しない数を受け入れることで生まれた虚数

「0」の概念が生まれたのは5世紀頃ともいわれていますが、このように、数の概念は数学が発展するとともに広がってきました。

虚数「i」も、数の概念を広げることで生まれた数の1つです。

もちろん、ただ単に偶然生まれた概念というわけではありません。2次方程式や3次方程式など、「代数学」と呼ばれる分野でこの「虚数」の概念が必要となったため、生まれたのです。

何か新しいルールを取り入れることで分野は発展していくのかもしれないですね。

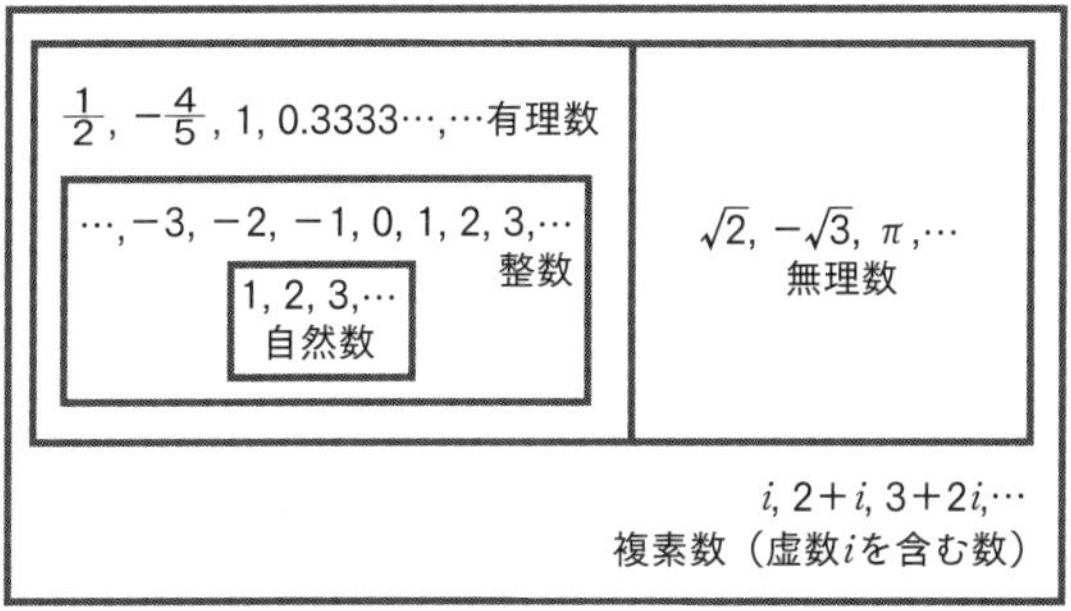

赤い糸任意の曲線引けるなら
あなたのそばに１つの点を

横山明日希

さまざまな関数の式を使うことで、さまざまな曲線を描くことができる。関数の式で表せなくても、グラフとして描画するのであれば、どんな曲線も、つまり任意の曲線を描くことができる。曲線は点の集合であり、長さが0である点も曲線の1つである。

III 順風満帆

２０△△年6月4日。

梨花が転入して２か月が経った頃。

２人は教室で定期テストの勉強に励んでいる。

「恭平、これ、教えてほしい」

「ちゃんと自分でも考えた？　すぐ質問できる相手がいるからって考えるのをやめたらダメだよ」

「ちゃんと考えたって。たぶんこれまだ学校で習ってない問題だもん。それに、私が考えるのが好きだって知ってるでしょ」

「ん、まあね……。どれどれ。ふむ……この問題は『数学的帰納法』を使う問題だね。よくたとえるのはドミノ倒しのような証明方法で……」

「ふうん。『帰納』って言葉、ちょっと面白い言葉ね。『帰る』と『納める』という字の組み合わせで、きっとしかるべきところに物事を納めて帰結させるということよね」

うれしそうに恭平の説明に耳を傾ける梨花に対して、恭平は伝えたいことと違うところに興味を持たれてしまったことに少し不満そうだ。

「そうなのかな。梨花みたいにそこまで数学用語に注目する人は初めてだ。気にしたことなかったよ」

「計算式や論理の正しさを一つひとつ並べて解いていく。そう捉えると単純なことのように思えてくるんだけど、授業の最初に数学はそういうものだよって説明されても、きっとピンとはこなかった気がする。不思議な世界」

「でも、それは僕も似たようなことを思っているよ」

「え……」

梨花に説明するために手に持っていたシャーペンを机に置き、じっと梨花を見つめながら恭平は語り出す。

「短歌なんて、学校の教科書に載っているだけの過去のものだと思っていた。でも、実際にそれを詠んでいる高校生がこうやって目の前にいるなんて。むずかしい言葉が並んでいる高度な魔法のように思っていたけど、その裏側には人間らしい心情が込められた〝作品〟なんだね」

意表をつく恭平の真剣な眼差しに、ぽかんとした表情で見つめ返す梨花。

そんな梨花の顔に気づいているのか気づいていないのか、恭平は話を続けた。

「そんな魅力に気づかせてくれた梨花って、すごい人だ。ありがとう」

「うん……ありがとう、恭平」

(このまま2人の関係は、ずっと無限に続きますように……)

愛（i）あれば虹（2次）の全てを解き明かし
いろいろな向きに世界広がる

綾塚祐二

2次方程式（$x^2+2x+3=0$ など x^2 を含む方程式）は虚数 i を導入することで、どんな式でも解を求めることができる。2次方程式の解は分類すると、実数解を2つ持つか、実数解を1つ持つか、虚数を含む解を2つ持つかの3つに分けられる。

何気ない午後五時二十九分も
君と夕日を見たら特別

黒澤興

たとえば、$1729=1^3+12^3=9^3+10^3$ のように、2つの立方数（3乗した数）の和で表すことができる数を「タクシー数」という。数学者ラマヌジャンが、タクシーのナンバーで「1729」（＝午後5時29分）という数字を見て、瞬時にこの性質を見つけたことから、この名前がついた。

二人きり「月が綺麗」と言う私
円周率を語り出す君

けんいち

円周率とは円周÷直径で求められる値。3.1415926535…と無限に続く値である。

COLUMN

円周率が3より大きいことを示す方法は？

円周率は3.1415926535…と続く数字ですが、計算によりある程度近しい値まで導くことが可能です。

「円周率が3より大きいことを証明せよ」という問いは比較的容易に証明ができます。たとえば、下の図のような円とその中にぴったりとおさまる正六角形、さらに正六角形を6つの正三角形に切り分けた図を書くと、円の半径と三角形の1辺の長さは1であることがわかります。よって正六角形の1周の長さは6となります。

また、円周は2πとなります。正六角形よりも明らかに円周のほうが長いことがわかるので、$2\pi > 6$つまり$\pi > 3$であることがわかります。

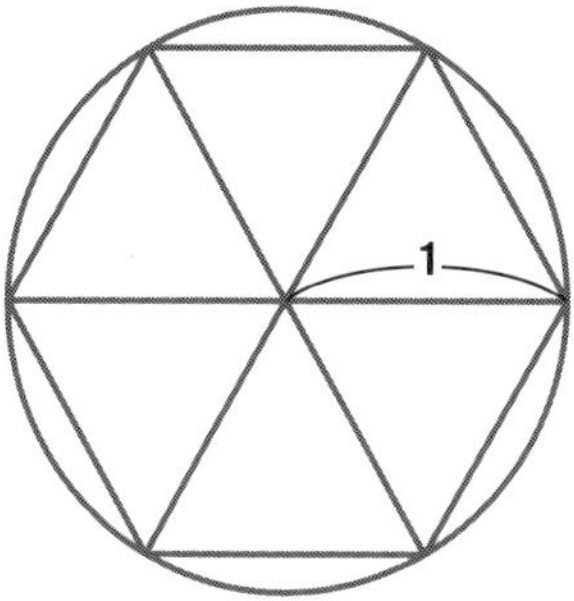

ケンカ中嫌いは好きの絶対値
どちらの思いも同じ大きさ

y0k0t0m0

絶対値とは、ある数字の0からの距離。たとえば、−2も2も、0からの距離は2なので、ともに絶対値は2である。

生意気で顔も普通でふまじめで
帰納的には嫌いになるのに

ちゃま

考えうる場合をすべて証明できたとしたら、それらをすべてまとめた主張を証明できたことになり、「帰納的に証明できた」といえる。もしそれで証明できていないとしたら、すべての場合を想定しきれていないことになる。

ケンカしてムカつく気持ち素因数
分解したら好きが残った

すごろくがおわらない

ある数を、ほかに割ることができない素数の掛け算になるまで分解することを素因数分解という。

足すだけが計算じゃないあの子にも
たまには割って掛け引きもして

横山明日希

計算でよく使うものは加法（足す）、減法（引く）、乗法（掛ける）、除法（割る）の 4つであり、これらをまとめて四則演算（加減乗除）という。

わからないその数式の美しさ
でもそれ語るその顔が好き

ruru

数学の問題や定理の証明すべてを理解するのはむずかしいかもしれないが、部分的にわからなくてもその式の美しさやその定理が述べていることなどの美しさは感じることができる。

好きな子をどこが好きかと問うてたら答案用紙が白紙で終わる

横山明日希

問いが短い文章題のとき、どこから手をつけたらいいかわからなくなることもある。たとえば、「$3n-1$（nは自然数）は平方数になることがあるか」や「円周率が 3 より大きいことを示せ」など。

わかったとノートを見せてはしゃぐ君
この関係も残り一年

サトウ@136

限りがないものは「無限」と呼ばれるが、上限が決まっていたり、要素の個数に限りがあったりするものは「有限」である。未来永劫時間は続くかもしれないので、時間は無限といえるが、ある決められた期間までの時間は有限である。

8 4

誕生日あなたと私婚約数
だからあなたは運命の人

ルナ

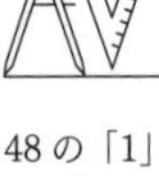

48の「1」と「48」以外の約数を足すと 75 になり、同じく 75 の「1」と「75」以外の約数を足すと 48 となることから、「48」「75」のような組を「婚約数」という。

COLUMN

「婚約」「友愛」「社交」の数とは？

「婚約数」に似た仲間として「友愛数」と「社交数」というものがありますので、こちらで紹介します。

まず、「友愛数」ですが、こちらは「220」と「284」という組み合わせの数が例として挙げられます。どんな関係を持つ数字同士かというと、「220」の自分自身を除いた約数の和が「284」となり、「284」の自分自身を除いた約数の和が「220」になります。

次に、「社交数」ですが、今度は2組ではなく3組以上の数で例として「12496」「14288」「15472」「14536」「14264」があります。「友愛数」と同様に自分自身を除く約数を足すことで他の4つの数のどれかになり、また、その数も自分自身を除く約数を足すと別の数に……と循環する数なのです。

婚約数 48　75	48の「1」「48」以外の約数の和 2+3+4+6+8+12+16+24=**75** 75の「1」「75」以外の約数の和 3+5+15+25=**48**
友愛数 220　284	220の「220」を除いた約数の和 1+2+4+5+10+11+20+22+44+55+110=**284** 284の「284」を除いた約数の和 1+2+4+71+142=**220**
社交数 12496　14288 15472　14536 14264	12496の「12496」を除いた約数の和 1+2+4+8+11+16+22+44+71+88+142+176+ 284+568+781+1136+1562+3124+6248=**14288** 14288の「14288」を除いた約数の和 1+2+4+8+16+19+38+47+76+94+152+188+ 304+376+752+893+1786+3572+7144=**15472** 15472の「15472」を除いた約数の和 1+2+4+8+16+967+1934+3868+7736=**14536** 14536の「14536」を除いた約数の和 1+2+4+8+23+46+79+92+158+184+316+632+ 1817+3634+7268=**14264** 14264の「14264」を除いた約数の和 1+2+4+8+1783+3566+7132=**12496**

愛おしい青き数学あやつる君
僕はとなりで青ざめる夏

勇

正式名称『新課程チャート式基礎からの数学』（数研出版）は装丁の色が青色ということから、通称「青チャート」（＝青き数学）と呼ばれている。基礎から応用まで幅広く掲載。

黒板にQ.E.D.を刻むまで
君の背中をただ見ていたい

円（$n=2$）

証明を終えた最後に書く（人もいる）文字列のQ.E.D.。Quod Erat Demonstrandum（かく示された）という意味。

割り切って切り上げないでどこまでも
探ってみたいふたりの未来

ソラスキー

四捨五入とは異なり、決めた桁以下の値が0でなければ必ず切り上げることもある。

きみと解く習ったばかりの漸化式
だんだんに好きになればいいのに

九条はじめ

漸化式（→P24）の「漸」は「だんだんと」や「しだいに」という意味を持つ。

あなたへの裂ける想いの証明に
時の余白は足りなさすぎて

安藤もゆり

約360年間、誰もが証明できなかった「フェルマーの最終定理」に関して、フェルマー自身は書物に「私はこの定理について真に驚くべき証明を発見したが、ここに記すには余白が狭すぎる」と書いたことから、「余白が足りない」という言葉が有名になった。

COLUMN

数学者の残した有名な言葉「余白が足りない」

数多の数学者は数学の分野を発展させ、さまざまな定理を生み出し、また、まだ解かれていない問題を残してこの世を去っていきました。

同時に数学者はいくつもの名言を残しています。その中の1つがこの「余白が足りない」というもの。

17世紀、フランスの数学者ピエール・ド・フェルマーが「フェルマーの最終定理」と呼ばれる、約360年間誰も解くことができなかった問題を残すとともに、余白に以下のような言葉を残しました。

私はこの定理について真に驚くべき証明を発見したが、ここに記すには余白が狭すぎる。

なお、フェルマーの最終定理とは、3以上の自然数 n について、$x^n + y^n = z^n$ となる自然数の組（x, y, z）は存在しない、という定理です。

フェルマーは、古代ギリシアの数学者ディオファントスの著作『算術』の余白に着想したアイデアを書き記すという習慣がありました。

果たしてフェルマーがこの定理の証明方法に気づいていたかは定かではありませんが、約360年間解かれなかった問題に添えられたコメントということもあり、この言葉も有名なものとなりました。

昨日より明日はもっと好きだから
もう友達には収束できない

五十嵐

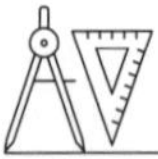

ある数字の列が限りなくある値に近づいていくとき、その数列は「収束する」という。たとえば、8,4,2,1,$\frac{1}{2}$,$\frac{1}{4}$,…と続く数列は0に収束していく数列である。

Ⅳ　突然

２０△△年10月24日。

一つの季節が終わり、秋も深まってきた頃。

放課後、２人そろって校門から出る頃、恭平は梨花へ最近気になっていることを切り出す。

「なんか最近、休むことが増えたよね。梨花、大丈夫？」

「ありがとう。でも、大丈夫」

恭平と梨花が付き合いだしてから半年近くが経とうとしていた。

夏休みも共に過ごしている姿を何度も目撃され、クラスメイトも彼らが付き合っていることを知り、「お似合いだね」や「不思議なカップルだね」など、いい加減な言葉を投げかけられるのも慣れてきた頃だった。

しかしながら、ここ数週間、梨花の学校に来る回数が少しずつ減ってきていた。

「季節の変わり目だし、あまり身体も強そうじゃない」というイメージから、恭平は初めのうちは心配していなかったが、さすがに違和感を覚え始め、梨花に心配そうに尋ねたのだった。

「うーん。また大丈夫って……。いっつもそうやってはぐらかしている気がする。絶対何かあったでしょ。でも、それって俺に言えない悩みなの？」

しびれを切らした恭平は、少しだけ口調を荒らげて梨花に詰め寄った。

「ううん、そんなことはない。でも、言ったところで……恭平には関係ない話だから、私もどうしたらいいかわからなくて」

「関係ないことないよ！　だって俺たち付き合ってるじゃん！　それに……」

周りにも聞こえる声で話す恭平と、伏し目がちな梨花。

「恭平、声大きいって」

さすがに周りの目が気になったのか、恭平は小さな声で話を続けた。

「……それに、わからないことがあったらいつも質問してくれたり、相談してくれたりしてたじゃん。たしかに俺は数学以外あまり詳しくないし、でも、きっと何かしら答えることはできるだろうし、一緒に考えるからさ」

「……ありがとう。でも、これは相談しても解決する方法はない気がするの」

「え……」

「……ごめんなさい。今日は急いで帰らないといけないから……また明日ね！」

梨花は恭平を追い越すようにして駆け出していった。

（梨花……どうしたんだろう。俺何か悪いことしたのかな……）

恭平が梨花の本当の事情を知ったのは、1週間後のことだった。

切り捨てた端数のような恋心
誤差が重なり何かが狂う

物部理科乃

10002 を 約10000 とするような「およその数」にする方法の1つに切り捨てという方法がある。必要な位まで残して、それより下の位の数を0とすることを切り捨てといい、切り捨てた数を端数という。

今君が僕を好きなら帰納法
あと一秒だけ好きでいてくれ

Ｕｎｉｔｙむーさん

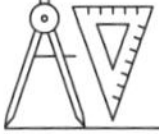

数学的帰納法（→P52）を使えば「永遠に好き」という関係が成り立つように見えるが、これは「ある時刻から1秒後も好き」であることは必ずしも保証できないことから、残念ながら数学的には成り立たない主張である。

100

昨日までうまくいってた恋なのに
帰納法など無かったのかな

Kaito Tsuji

前ページに記した内容とも重複するが、数学的帰納法を使えば「昨日までうまくいっていた」としても「今日もうまくいく」ことは必ずしも保証できないことから、残念ながら数学的には成り立たない主張である。

最大の公約数を探そうと
分割し合い傷つく二人

物部理科乃

8 と 12 の公約数は 1,2,4 となる。最大公約数とは公約数のうちもっとも大きい数のことをいい、8 と 12 の最大公約数は 4 となる。

およそ3に括《くく》られてても嬉しくない
見てよ私の小数点以下

三月海月

手計算の際に円周率を「3」として扱って計算することもよしとする、という指導が2002年度の学習指導要領の改訂によって行われることになった。これは、あくまでも小数点の計算方法を行う前に円周率が出てくるからである。また、この改訂で小数の計算は小数第1位までを扱うことになり、「3.14（小数第2位）」が扱えなくなったことも影響している。

方程式何度も何度も同じ解
まるであなたの返事のように

葵

同じ方程式は何度解いても同じ答えになる。言い換えると、解くたびに答えが変わる式は方程式ではない。

途中式全部とばして答えだけ合わせるような台詞はやめて

小春まりか@鍵なし

問題を解くときの計算過程の式のことを途中式という。途中式は、より複雑な計算処理や論述をする際、その主張に誤りがないか判断するうえで大切なもの。この途中式を省いてしまうと、テストで減点されることもある。

微分してたとえ同じになろうとも

Cの分だけすれ違っちゃう

あーと

2つの異なる関数 $y=x^2+3x+5$ や $y=x^2+3x+1$ であっても、微分すると同じ $y'=2x+3$ という関数になることがある。式の最後の「5」や「1」のように定数 C の部分だけが異なるときこのようなことが起きる。

数学はやさしくはない美しい
あなたも僕にやさしくはない

中本速

「A ならば B である。B ならば C である。よって A ならば C である」という構造の論理のことを三段論法という。たとえば「数学は美しい。数学はやさしくはない。あなたは美しい」という3つの事実があったとき、三段論法のように考えると、あなたはやさしくはない、という結論が出るかもしれない。

気まぐれなあなたの気持ち不連続
微分を知っても心は読めず

横山明日希

ある関数のグラフの傾き具合を求めることができる手法を微分という。関数のグラフがつながっている箇所を「連続」といい、つながっていない箇所を「不連続」という。不連続な箇所は微分することができないので、不連続な点が多い関数は傾きを定義できない箇所が多い。

割りきれない気持ちが残っているときは
ひとつを足すかひとつを捨てるか

S.m-w

整数の範囲で割り切れないとき、割り切れるようにするには元の数に1を足したり引いたりすることで割り切れる数になることもある。

きみはきみでわたしはわたし隣り合う
同じ色にはなれないふたり

たかはしりおこ

「四色問題」は、「地図で、隣り合う国を異なる色で塗り分けるには最低何色必要か」という数学の証明問題。120年ほど証明されることはなかった。

COLUMN

長らく未解決の問題たち

つくられてから長年解決していない数学の問題は、世の中に数多く存在します。

また、「四色問題」もその例の1つですが、100年以上経ってようやく証明された問題もあります。

もっとも有名な話として「フェルマーの最終定理」(→ P91)というものがありますが、これは問題が世に出てから約360年間も証明されませんでした。現在いまだに証明されていない問題の中では「ミレニアム懸賞問題」と呼ばれる100万ドルの懸賞金がかけられた問題もあり、1つは解決済みですが、6つの未解決問題が提示されています。

ミレニアム懸賞問題の7問

1 ヤン-ミルズ方程式と質量ギャップ問題（Yang-Mills and Mass Gap）	任意のコンパクトな単純ゲージ群Gに対して、非自明な量子ヤン-ミルズ理論が 'R^4 上に存在し、質量ギャップ $\Delta > 0$ を持つことを証明せよ。
2 リーマン予想（Riemann Hypothesis）	リーマンゼータ関数 ζ (s) の非自明な零点 s はすべて、実部が$\frac{1}{2}$の直線上に存在する。
3 P ≠ NP 予想（P vs NP Problem）	計算複雑性理論において、クラスPとクラスNPが等しくない。
4 ナビエ-ストークス方程式の解の存在と滑らかさ（Navier-Stokes Equation）	3次元空間と時間の中で、初期速度を与えると、ナビエ-ストークス方程式の解となる速度ベクトル場と圧力のスカラー場が存在するのか、また、双方とも滑らかで大域的に定義されるか。
5 ホッジ予想（Hodge Conjecture）	複素解析多様体のあるホモロジー類は、代数的なド・ラームコホモロジー類である。
6 バーチ・スウィンナートン=ダイアー予想（BSD予想、Birch and Swinnerton-Dyer Conjecture）	楕円曲線E上の有理点と無限遠点Oのなす有限生成アーベル群の階数が、EのL関数L (E, s) の $s = 1$ における零点の位数と一致する。
7 ポアンカレ予想（Poincaré Conjecture）	単連結な3次元閉多様体は3次元球面 S^3 に同相である。※グリゴリー・ペレルマンにより解決済み。

分からないたった五文字のこの言葉
言えていたなら諦めなかった

横山明日希

数学に限らず学問を学ぶ人は、まだわからないことがあるからそれを学び続ける。わからないことを恥ずかしがらずにちゃんと主張するのが大切。学問だけでなく、恋愛でも同じ側面がある。

好きの置換僕の行き先君だけど
君の行き先僕じゃない

数学大好きガール

対象や値を「並べ替える」もしくは「入れ替える」ことを置換という。たとえば、{1,2,3}の置換は（1,2,3），（1,3,2），（2,1,3），（2,3,1），（3,1,2），（3,2,1）の6種類がある。

この気持ち割り切れないからグルグルと
循環小数どこにも届かず

サンスクリット弓道系

0.3333…や 0.121212…など、ある数の並びがずっと続く小数のことを循環小数という。

世界には星の数だけ愛あれど
0をかければ真っ暗闇よ

横山明日希

0が生まれたのは5世紀頃の古代インドといわれている。どんな数字でも0を掛けるだけで0になってしまう。

僕の愛単調増加してたのに
ある日いきなり0に収束

Unityむーさん

常に増加し続ける関数（x を含む式）を単調増加関数という。たとえば、$y=x$ などの関数は単調増加関数である。

「（配点１００）彼との距離を求めなさい。」

小問(1)すら解けないままで

冬去みじか

2点間の距離を求める問題や、2直線間の距離を求める問題など、距離を求める問題は数学でしばしば扱われる。

「ごめんね」と「いいよ」のサインは空振って 位相の揃わない正弦波

御調

波において、どれだけ波の動く方向へズレているかを指す言葉を位相という。正弦波とは $y=\sin x$ の関数が描く形の波で、一定の幅でなめらかな波の曲線である。

恋愛は掛け算だよねどちらかの
想いがゼロになったら終わり

汐月夜空

0はマイナスではないもっとも小さな数字。足しても引いてもその値に変化はないが、掛けるとどんな数字も0になる。

正と負を二度間違えて正解に至ったような不器用な恋

物部理科乃

「マイナス×マイナス＝プラス」である。「後ろを向いて後ろに歩けば前に進む」を例に考えれば、直感的に理解しやすい。

COLUMN

「マイナス×マイナス＝プラス」をどう説明する？

マイナスについては「温度」などで比較的身近なものですが、マイナスの演算となると急にイメージしにくくなります。

その代表格が「マイナス×マイナス＝プラス」です。

このルールをどう理解するかというたとえ話として「後ろを向いて後ろに歩けば前に進む」などがありますが、他にも「悪人に悪い出来事が起きたら、周りからしたら結果的に良いことが起きたと捉えることができる」や「いらないものを捨てるとスッキリする」などがあります。

こういうたとえ話を考えてみるのも楽しいかもしれませんね。

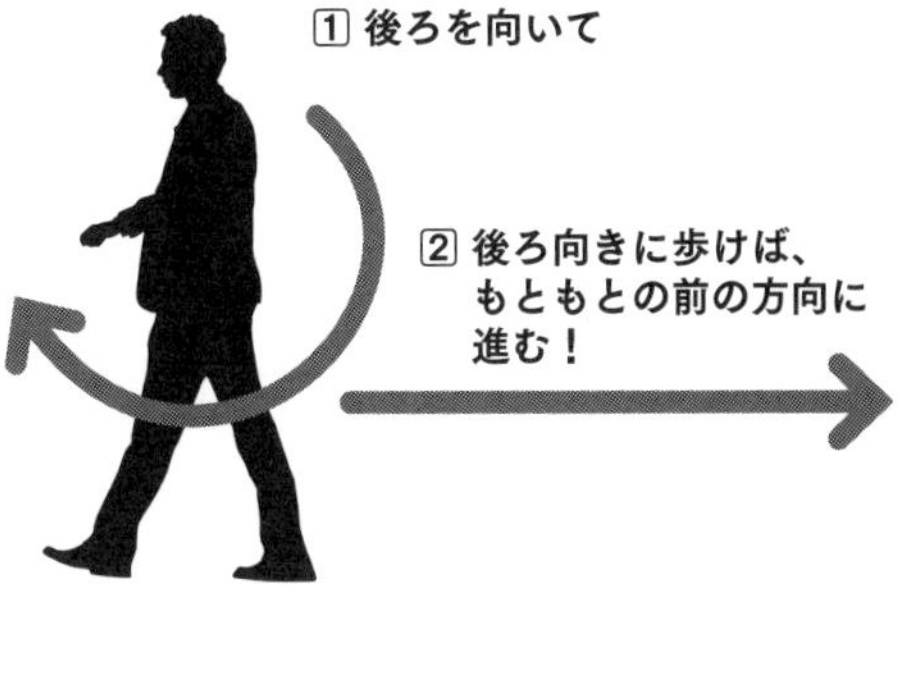
①後ろを向いて
②後ろ向きに歩けば、
もともとの前の方向に
進む！

足し算ができればなんとかなりそうで
幸せばかり集めて生きる

Sachika

四則演算のうち、足し算ができれば、計算回数は多いが掛け算の式も計算ができるし、マイナスの足し算と考えれば引き算もできなくはない。たとえば、2×5 は 2+2+2+2+2 と考えれば掛け算が足し算になり、5−2 は 5+(−2) と考えれば足し算と捉えることができる。

V　別れ

２０△△年11月１日。

「だんだん寒くなってきたね。東京も寒くなるんだ」

「そりゃあ、日本は四季がある国だからね」

そんな他愛のない会話をしていた２人。

恭平が梨花に起きたことの真実を聞いたのは、少し肌寒い朝の登校途中のことだった。

１週間前に精いっぱい聞き出そうとしたものの答えてくれなかった梨花に対して何度も詰め寄ることができず、恭平からは聞くのを避けていた話題。

梨花は淡々と話を始めた。

「恭平、実は伝えなければいけないことがあって。先月からお父さんが入院しているんだけど、思ったよりも重い症状で、家族全員、実家の岩手に帰ることになったんだ」

さっきまで普通の会話をしていた２人の間を、一瞬さらに冷たい風が通り過ぎたように２人の物理的な距離は少しだけ広くなる。

「……え、いきなりすぎるよ。だって、まだこっちに来てから半年しか経ってないじゃん！」

「恭平にしては、不思議な主張の仕方をするね。別に半年しか経ってないのは理由にならないの」

自分自身の冷静さに驚きながらも言葉を続ける梨花。

「お父さんが元気になるまで、お父さんの実家から学校に通うことになるんだ。だから、元の学校に戻ることになりました。急な報告で……ごめんなさい」

「……いつから？」

「ごめんなさい、実は、今日の夜にもう出ることが決まって。私も認めたくなかったからずっと黙っていたんだけど……今日はそのお別れを言いに、学校に行くんだ」

無理につくった笑顔で梨花は言葉を続けた。

「恭平、短い間だったけど、ありがとうございました」

「ありがとう……って今日で終わりみたいに言わないで！」

いつものように始まった学校の授業。

ただ、唯一違ったのは始業前に梨花がクラスメイトに向けて伝えたお別れの言葉があったということ。

それ以外は、いつものように時間が過ぎていった。

放課後、恭平は梨花へ、最後になるかもしれない言葉を送った。

「……もしまたこうやって出会うことができたら、またお互いが好きなことを共有し合える関係でいよう。俺たちは、出会うべくして出会ったはずだ」

「ありがとう。私もそう信じてる。必ず、また会いましょう」

あなたとはねじれの位置にある道を
これから歩く　どうか元気で

木野葛紗

平行ではないが、交わらない2つの直線の位置関係のことをねじれの位置（→P39）という。同一平面上ではねじれの位置にはならないが、空間上ではねじれの位置の関係の直線を描くことができる。

明日からは互いに素なの私たち
交わることは二度とないのだ

井筒ふみ

互いに素とは、2つの整数 a, b をともに割り切る正の整数が 1 のみであることを指す。たとえば、9 と 16 は、互いに素である。

あなたとの公倍数が大きくて
とてもじゃないけどついていけない

横山明日希

8 と 12 の公倍数は 24,48,72…となる。7 と 13 の公倍数は 91,182,273…となる。互いに素で共通の約数を持たない数字同士だと、一つひとつの公倍数は大きな差を生む。

足し算で答えが出ない恋もあり
引くことでしか導けぬ式

九条はじめ

方程式の解は、同じ方程式であれば同じ解になる。ある解になるように無理やり式を変形しようとしてもすでに解は決まっているので、足し算で答えを出そうとしても出ない場合、別の演算を行わなければならない。

接点があるだけマシさ僕なんて
漸近するだけ結ばれないよ

しーと

接点とは、2つの曲線が交差するのではなくただ触れているような状態の、その触れている点のこと。漸近線は、曲線と限りなく近づくが交わることがないので(→P48)、接点はない。

永遠に交わらぬ恋漸近線
たとえどんなに近づこうとも

オミ

コンピュータで曲線とその曲線の漸近線を精密に描いてみると、実際に近づいていき、まるで曲線と漸近線が触れているような様子を見ることができる。しかし、拡大表示してみると、やはり隙間があり、触れ合っていないことがわかる。

遠恋の距離を求める公式は切なさかける会えない時間

y0k0t0m0

「距離＝速さ×時間」という長さと時間と速度の公式があるように、遠距離恋愛にも何かしらの公式があるのかもしれない。

紙の上に写した文字で示しても
答えになるが応えにならず

横山明日希

数学の証明においては文字や図式で記せば正しさが認められるが、気持ちの主張や説得はその限りではないのだろう。

さびしさは空集合によく似てる
歯ブラシ捨てて空っぽの部屋

すごろくがおわらない

何も要素を持たない集合を空集合という（→P33）。付き合っていた相手のものがすべて無くなったとき、付き合っていた相手のものの集合が空集合になったということになる。

僕達は変わっていった三角の内角の和とおんなじように

みのるチャチャチャ♪

三角形の内角の和は一定である。1つの角度が大きくなると、残り2つの角度のうち少なくとも1つの角度は小さくなる。

COLUMN

内角の和が180°じゃない三角形をつくる方法は？

「三角形の内角の和は180°で一定」という話は自明で、よく知られている性質です。しかし、実は180°にならない三角形をつくることも可能なのです。

ただし、私たちが普段イメージしている平面上に描かれた三角形ではなく、地球のような球の表面を利用した三角形になります。

具体的には下のような図で書くことで、内角の和が270°の三角形をつくることができるのです。

言いたいことはわかるけどすぐには受け入れにくいかもしれません。でも、これを受け入れることで始まる数学の分野もあるので、数学の世界は奥が深いですよね。

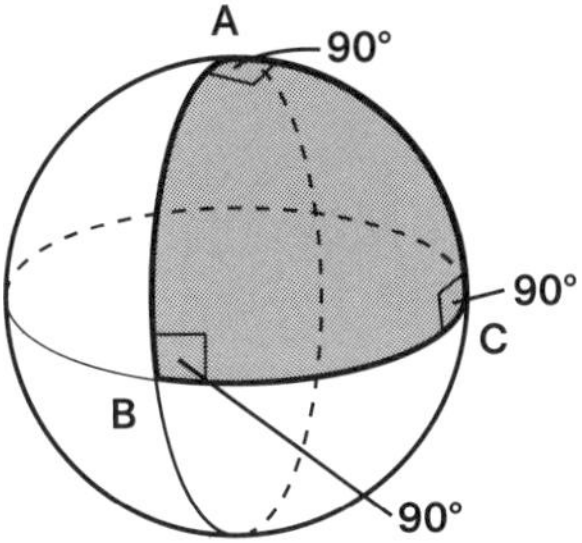

地球（球）の上にいる人から見たら、AB、BC、CA は直線。

∠A、∠B、∠C は90°なので、この三角形ABCの内角の和は270°になる。

割り切った関係だからこの胸に
潜む余りに気づかないふり

アローアマリー

割り算などで割り切れなかった数字を余りという。割り切った関係なのに何かしこりが残っている場合は、割り切れなくて余りが出るのに無理やり割り切ったことにしているのではないだろうか。

君または僕以外では割りきれぬ
素数みたいな想いを探す

みのるチャチャチャ♪

素数とは、1より大きい自然数で、正の約数を1と自分自身しか持たないものである。

あのひとはとても優しいひとだから
補集合でも愛してしまう

ソラスキー

全体集合 U の うち、集合 A を取り除いた残りの部分を A の補集合という。

初めから矛盾していた恋だから
任意の式を証明できる

物部理科乃

「任意」というのは「特別な選び方をせずどれをとっても」という意味で使われる。どの自然数においても、というときには「任意の自然数において」と表現する。

解なしの問いかもしれず愛なしの
恋かもしれず三叉路《さんさろ》にいる

九条はじめ

方程式において必ず実数の解があるとは限らず、解なしのことがあったり、虚数 i を使わないと解けない解もあったりと、解の形はさまざまである。

COLUMN

3次方程式の解の種類

$x+4=3$ のような1次方程式には解が1つありますが、3次方程式には必ずしも解が3つあるとは限りません。

3次方程式の解の数は、「下のようなグラフの x 軸と交わる箇所の数」と考えることができます。そう考えると、(1)の式は x 軸と3か所で交わっていることから、3つ解があることがわかります。(2)と(3)の式に関しては解が1つしかないことがわかります。

ここでは説明がむずかしくなるので省略しますが、(2)の式に関しては虚数という範囲まで考えると、虚数を使った解をつくることができます。つまり、3次方程式の解の種類は大きく分けると3種類、ということになります。

(1)　(2)　(3)

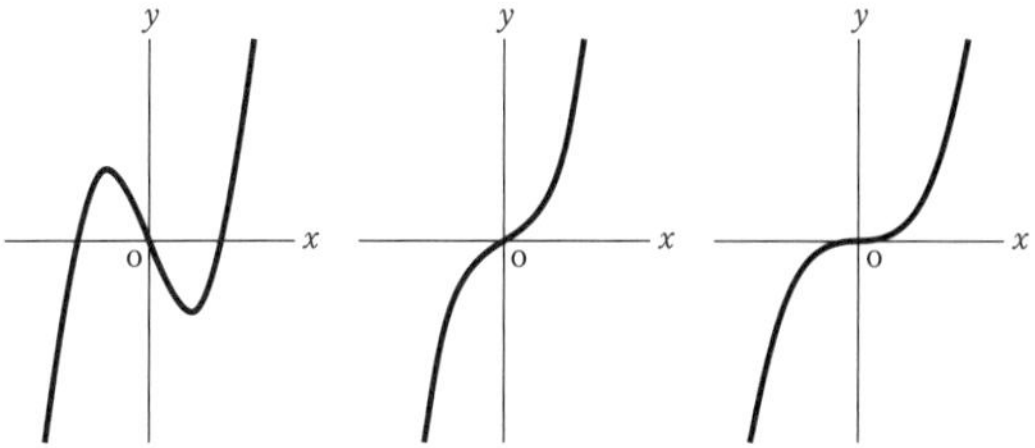

$y=x^3-2x$　$y=x^3+x$　$y=x^3$

交わらず、距離を保てることもなく、
すれ違うだけのねじれの位置よ

ももっち

ねじれの位置の関係である場合、2直線の距離がもっとも近い点は1か所のみで、それ以外はその点を離れるほど遠くなっていく。

「特異点嫌いになるかな？見つけたら」
「嫌いになんてなるわけないよ」

かねこ

関数などで、その関数の規則が成り立っていないある点のことを特異点という。

君の描く軌跡の接線になれぬ我は
悲しい定めの漸近線か

設楽優希

曲線と1点のみで交わる直線のことを接線という。漸近線は、限りなくその曲線に近づくが決して交わることのない直線である。

思い出を書き連ねてもキリなくて
Σ《シグマ》使えどキミだけ足りず

浅堀響季

Σは、ある規則にそった数列を繰り返し足し算する意味で使われる記号のこと。

幸せが急に負になるくらいなら
私の記憶に0をかけてよ

理系男子

どんなに大きな正の数も -1 を掛ければ負の数になってしまう。
0に -1 を掛けても $0\times(-1)=0$ と、0のままである。

解なしと知っていながら求めてる
君と僕との共有点を

せおんぐ

連立方程式において、それぞれの方程式で解があったとしても、共有の解がない場合は「解なし」となる。

平行線君と交わることはない
世界がちがけりゃ出会えたかもね

ゆあさー

普通の空間において平行である場合、交わることはないが、ある特定の定義された空間においては平行線が交わる世界をつくることはできる。

分母から君を見上げて何年目
一線を越えて会いに行けたら

澤ノ倉クナリ

$\frac{1}{2}$など、2つの数字の比を利用して表す数が分数。下の数字を分母、上の数字を分子といい、真ん中の線を括線《かつせん》という。

VI 再会

２０××年7月22日。

時は経ち、恭平は大学院を卒業、大手企業で働きだして数年が経っていた。

今では数学に触れる機会も減っている。

おそらく彼の頭からは短歌という言葉も消えかけていただろう。


「お先に失礼します」

夏季休暇にどこに出かけようか、そんなことを少し考えながら帰路につく恭平。

ふと駅前の本屋に立ち寄り、旅行ガイドの雑誌をなんとなく眺める。

（やっぱり王道の京都旅行かなぁ……それとも少し足を延ばして博多もありだな。いっそ涼しい地方として北海道か東北にってのもありか……?）

そんなことを考えながらもいつもの習慣で理工図書コーナーへ進もうと向きを変え

たとき、ふと一冊の本が目に入った。

「『たった1のもどかしさ　恋の数学短歌集』だって……なんだこの本」

それは、愛をテーマにとり、数学を使った短歌集だった。

そしてなんとなく開いたページに見覚えのある名前が書かれていた。


赤い糸任意の曲線引けるならあなたのそばに1つの点を　北村梨花

時代は便利になったものだ。ＳＮＳで探せば、見つけることができてしまう。

恭平はすぐさまダイレクトメッセージを送り、梨花の返信を待った。

〝お久しぶりです。お元気ですか？〟

そう送った数時間後、梨花からのメッセージが返ってきた。

〝お久しぶり。連絡ありがとう。あれから数年、いろいろと忙しかったんだけどようやく落ち着いて、この秋から仕事の関係で東京に出ていきます。実は、私も来週中くらいには連絡しようと思っていました。〟

〝……ほんと？　東京に帰ってきたら、たくさん話そう。そういえば、『たった1°のもどかしさ　恋の数学短歌集』見たよ。まだちゃんと続けてたんだね。〟

〝だって、本当に数学と短歌の出会いが不思議で面白くて。そして、続けていたらまたいつか会えるときが来るかなって思ってたんだ。〟

〝そっか、ごめんね、ありがとう。僕はちょっとしばらく「数学短歌」を忘れていたよ。でも、また会う日までには、ちゃんとたくさん作品をつくっておく。梨花に贈る、「愛と数学の短歌」を。〟

解が出ず落ち込み歩く帰り道
$\sqrt{\text{(route)}}$の先にi(愛)を見つけた

わんたんめん

2次方程式の解の公式は、$x=\dfrac{-b\pm\sqrt{b^2-4ac}}{2a}$ で表される。

通常は$\sqrt{}$の中がマイナスの場合は虚数解まで認めたとき、たとえば $x=\dfrac{-1\pm\sqrt{3}i}{2}$ のように、解はルートの隣に虚数 i を用いて表すことができる。

1度だけ他の誰かに傾いた
貴方を戻す公式探す

かしくらゆう

直線上の2点間の変化の割合を傾きという。詳しくいうと、x の増加量に対する y の増加量の比率のことである。

補助線を引けば解決できるなら
貴方に向けて赤く濃く描く

かしくらゆう

与えられた図形にはないが、答えを導くために描き加える線を補助線という。

君と僕どんなに遠い二点でも一つの線になろうと思う

安西大樹

ユークリッドが書いた『原論』という古くからある本に、平面に関する章において「任意の1点から他の1点に対して直線（線分）を引くことができる」というものがある。

思い出を積分したら恋になり
微分したら君が求まる

サンスクリット弓道系

ある関数を積分したらその関数のある範囲の面積を求めることができ、微分したらある点での関数の傾きを求めることができる。

真っ直ぐに生きられなかった僕らだし
交点ひとつじゃないと信じ

糸白澪子

線や曲線が交わる点を交点という。直線の場合だと交点が1点だが、片方が曲線であれば交点が1つとは限らない。

離れても同じ形の海岸線
ふたつでひとつのペンダントみたい

鰺坂もっちょ

図形の一部を取ってもそれが全体と同じ形をしているものを「フラクタル」という。

COLUMN

自然に潜むフラクタルの不思議

「フラクタル」という言葉を初めて聞く人もいるかもしれませんが、フラクタルは自然に潜む面白い性質の1つです。

右の短歌でも触れていた「海岸線」は拡大しても縮小しても、同じような形になります。また、ブロッコリーや木の枝なども似たような性質があり、自然界にはこのようなフラクタルの性質を持つものがたくさんあるのです。

なぜ、このような現象が起きるのでしょうか？

すべてが明らかになっているわけではありませんが、フラクタルは同じルールを適用し続けることで形が完成するので、少ないルールで生物をつくるためにもフラクタルが活用されているのでは、といわれています。

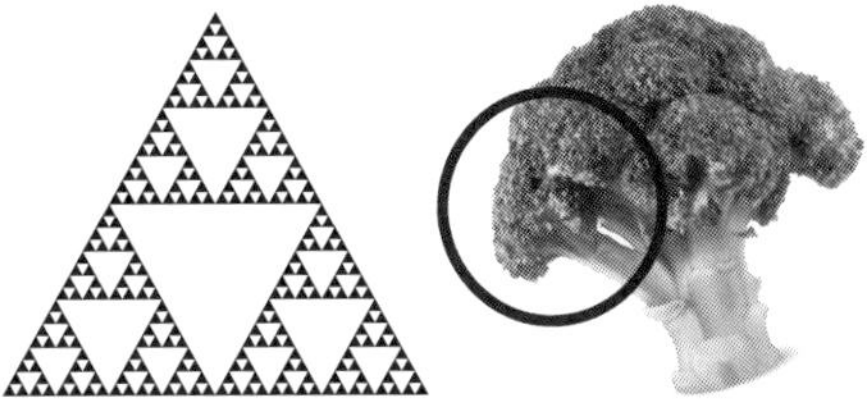

「シェルピンスキーのギャスケット」と呼ばれるフラクタルの一種（左）もブロッコリー（右）も、一部分だけ切り取っても同じ形をしている。

あいたいとせつないを足して2で割れば
つまりあなたはたいせつだった

千原こはぎ

ある数とある数を足して２で割ることで、その2つの数の平均を求めることができる。言葉の平均は定義こそされていないが、「あい“たい”」と「“せつ”ない」の4文字ずつの言葉を2文字ずつ取り入れることを平均としたら……。

10分が遅刻じゃないと言うならば 100分だって許してあげる

横山明日希

10分が遅刻でないと仮定し、そこから1分増えても遅刻でないことが成り立つのなら、数学的帰納法（→P52）により100分だろうが200分だろうが遅刻ではなくなる。

腹を割り色気を足してこの恋に
かけてみたいのもう引けません

かしくらゆう

四則演算は「足す」「引く」「掛ける」「割る」の4つだが、その動詞はこの歌のように他の用語にも使われる。

わたしたちどんなに角が立ったって
内角の和は変わらないもの

汐月夜空

三角形において、たとえ1つの内角の角度が小さくなろうとも他の角度が大きくなるため、三角形の内角の総和は変わることはない(→P138)。

十三の次の素数は十七と十九の頃の
恋のあとさき

四ッ谷龍

素数は小さい順に 2,3,5,7,11,13,17,19,23…と続く。

COLUMN

素数はもっとも魅力的な数字の集まり！

素数には多くの魅力が秘められています。また、素数によって成立している技術が世の中にたくさんあります。

素数は無数に存在することがわかっていますが、大きな数字になるとある自然数からある自然数までに何個の素数があるかは正確には求めることがむずかしくなります。

このように、素数はわかっていることはいくつかありながらもまだまだ捉えきれていない不思議な数字の集まりなのです。

そんな素数が現代数学で非常に重要な役割を担っており、また、現代の暗号技術の要となっているのです。

そして、まだまだ未解決な問題が多く、数学者にとっては非常に魅力的な研究材料なのです。

381	382	383	384	385	386	387	388	389	390	391	392	393	394	395	396	397	398	399	400	401
380	307	308	309	310	311	312	313	314	315	316	317	318	319	320	321	322	323	324	325	402
379	306	241	242	243	244	245	246	247	248	249	250	251	252	253	254	255	256	257	326	403
378	305	240	183	184	185	186	187	188	189	190	191	192	193	194	195	196	197	258	327	404
377	304	239	182	133	134	135	136	137	138	139	140	141	142	143	144	145	198	259	328	405
376	303	238	181	132	91	92	93	94	95	96	97	98	99	100	101	146	199	260	329	406
375	302	237	180	131	90	57	58	59	60	61	62	63	64	65	102	147	200	261	330	407
374	301	236	179	130	89	56	31	32	33	34	35	36	37	66	103	148	201	262	331	408
373	300	235	178	129	88	55	30	13	14	15	16	17	38	67	104	149	202	263	332	409
372	299	234	177	128	87	54	29	12	3	4	5	18	39	68	105	150	203	264	333	410
371	298	233	176	127	86	53	28	11	2	1	6	19	40	69	106	151	204	265	334	411
370	297	232	175	126	85	52	27	10	9	8	7	20	41	70	107	152	205	266	335	412
369	296	231	174	125	84	51	26	25	24	23	22	21	42	71	108	153	206	267	336	413
368	295	230	173	124	83	50	49	48	47	46	45	44	43	72	109	154	207	268	337	414
367	294	229	172	123	82	81	80	79	78	77	76	75	74	73	110	155	208	269	338	415
366	293	228	171	122	121	120	119	118	117	116	115	114	113	112	111	156	209	270	339	416
365	292	227	170	169	168	167	166	165	164	163	162	161	160	159	158	157	210	271	340	417
364	291	226	225	224	223	222	221	220	219	218	217	216	215	214	213	212	211	272	341	418
363	290	289	288	287	286	285	284	283	282	281	280	279	278	277	276	275	274	273	342	419
362	361	360	359	358	357	356	355	354	353	352	351	350	349	348	347	346	345	344	343	420
441	440	439	438	437	436	435	434	433	432	431	430	429	428	427	426	425	424	423	422	421

数字を渦巻き状に並べて素数に色をつけた図。何か模様のようなものが生まれるが、規則性は解明されていない。

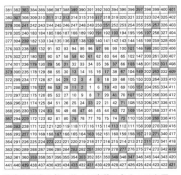

帰納法記念日にさえも使えたら
思う二人の $n=1$

三角関数ちゃそ

数学的帰納法を証明するとき、もっとも小さな条件のときに成立することをまず証明する。多くの場合は、$n=1$ で成立するかを示すところから入る。

雨上がりふたりで方程式を解く七つの色の双曲線の

かしくらゆう

反比例のグラフなどの、Uの字の形をしたグラフが2つ向き合った曲線を双曲線という。

いままでの想いを全部かけてある
「好き!」に付いてる階乗の記号

きよだまさき

階乗「!」はその数字よりも小さい自然数すべてを掛け合わせた数のこと。「5!」の場合は「5×4×3×2×1」ということ。

あのときの言葉を実は隠してる円周率の2万桁辺りに

ナツキカゼミゾ

円周率の中には任意の数が含まれるといわれている。たとえば、暗号文のように文字を数字に変えて数字の列にしたら、その数字は円周率のどこかには必ず出てくる。

5も7も31も素数より
詩人の想い無限に溢《あふ》る

鰤

5、7 は素数であり、31 も素数である。また、素数は無限に存在する。

気が付けば昨日と今日で明日が来る
瞬《またた》く恋のフィボナッチかな

コロちゃんぬ

1,1,2,3,5,8,13,…と前の2つの項を足した数が次の項になる数列を「フィボナッチ数列」という。世の中の現象のいくつかがこの数列で説明できる。

COLUMN

自然に広がるフィボナッチ数列

「フィボナッチ数列」は世の中のさまざまなところで見ることができます。1,1,2,3,5,8,13,…という数字に注目して、「1は1辺が1の正方形」と考えてフィボナッチ数列の数に沿って正方形を並べていくと、下の図のように渦を巻くようにぴったりと正方形を並べることができます。

こうしてできた長方形の縦横の長さの比は大きい長方形になるにつれて「黄金比」と呼ばれる美しい比率に近づいてきます。

また、木の枝や松ぼっくりなどに注目すると、枝の数やかさの数がフィボナッチ数列に関連していることがわかります。木は根元から上に向かって一定の間隔で切って枝の本数に注目すると、フィボナッチ数列が現れます。松ぼっくりは少し数えにくいですが、渦を巻くようにかさの数を数えていくと、フィボナッチ数列が現れます。

このように、さまざまなところにフィボナッチ数列が潜んでいるのです。

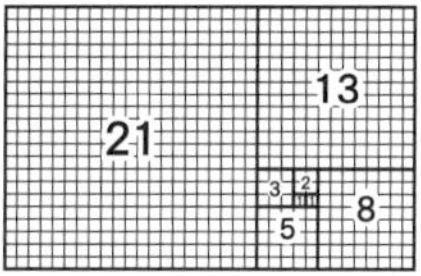

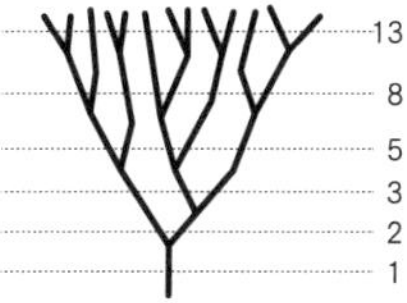

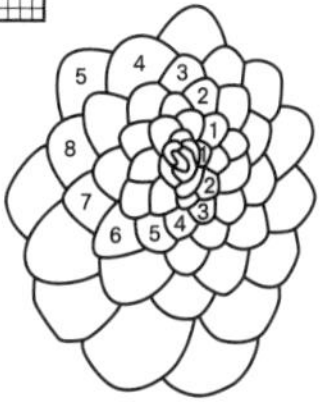

素数とは孤独な数字ではなくて
五つ並べて和歌という愛

安西大樹

短歌の音数は 5、7、5、7、7 であり、それらすべてを足した 5＋7＋5＋7＋7＝31 と音数の和も素数となる。また、句の数も5個と、これも素数である。

並び方3人家族で6通り
もうすぐ変わる24へと

蒼山皆水

3人を直線に並べるとき、その並び方は6通りになる。もう1人増えた4人を直線に並べるときはそれを4倍した24通りとなる。

これ愛の愛情だねと言ったから
二月七日は愛情記念日

expo_one

虚数 i を i 乗した i^i は、0.207…と続く実数をとることができる。

COLUMN

数学的に美しい記念日

日付が数字によって構成されていることもあり、数学的に意味のある数字の並びの日には、その意味に沿った数学の日と語られることもあります。

たとえば、右の短歌の「2月7日」は、iのi乗が「0.207…」となるので2月7日は「愛情の日」となります。

わかりやすい日は「3月14日」ですが、これは「円周率の日」です。

実は円周率の日といわれる日は他にもあり、それは「7月22日」です。22 ÷ 7が円周率3.1415…に非常に近い数字になることから、「円周率近似値の日」と呼んでいます。

いろいろと自分で名前を付けても面白いかもしれませんね。

円周率の日など

3/14	円周率の日。
	以下は、すべて円周率近似値の日であり、理由はそれぞれ異なる。
4/26	4/26は新年(1/1)から4/26までの間に移動した地球の移動距離と地球の公転軌道の長さの比が円周率に一致する日。
7/22	7/22は22 ÷ 7をすると3.142…となり、日付と月を割り算した結果、もっとも円周率に近い値になる日。
11/10	11/10は新年から314日目の日。
12/21	12/21は新年から355日目で、355を分子に使って113を分母にしたとき、$\frac{355}{113}$ = 3.1415929…となり、小数第6位まで円周率と一致する。1から365の数を分子にし、分母を任意の整数としたとき、もっとも円周率の値に近くなるのは、この$\frac{355}{113}$である。
6/28	円周の日や2倍の円周率の日(3.14の2倍)と呼ばれる。半径1の円の円周の長さは円周＝直径×円周率より約6.28となる。

バレンタイン君から貰ったi乗に
何を返そう3・14

数学を愛する会

この歌のように虚数 i を「愛」とかけたジョークがある。虚数が目に見えないものや、実在しないものなので、愛ともかけやすい。また、3月14日のホワイトデーを「3.14」と捉えて円周率の日とし、円周率 π にちなんで「パイ」を食べたり贈ったりする数学者もいる。

手をつなぎ半径1の円を描く
6・28結婚記念日

すど

円周は直径×円周率なので、半径1の円の円周は約6.28となる。6月28日は円周の日や2倍の円周率の日（3.14の2倍）など、「数学的に美しい記念日」といわれている。

愛という定義できないこの想い 一生かけて証明しよう

横山明日希

一般的な式で定義できない条件を証明するには、手間であるが一つひとつの例を示していくしか方法がないことがある。

Ⅶ　その後

２０××年11月23日。

少し肌寒い街の中を歩きながら、恭平は梨花にこうつぶやいた。

「出会わなければ気づかなかったこともさ、一度出会って気づいてしまうと、ずっとそれは残り続けるのかもね」

「え、急にどうしたの。それは私たちの話？　それとも、『数学短歌』？」

「んー、どっちの話でもあるし、どっちの話だけに限る話でもない」

「どういうこと？」

梨花は恭平の顔を不思議そうに眺める。

恭平はその顔を見つめ返しながらこう続けた。

「それはね……」

今まで組み合わさることのなかったもの同士が組み合わさることで、予想だにしない出来事が起きる。

組み合わせる対象は有限だったとしても、その対象はとてつもなく多く、まだ誰も気づいていない運命的な組み合わせがあるのかもしれない――。

あとがき

本書は「数学」と「短歌」が融合した「数学短歌」を、数学をよく知らない人も短歌をよく知らない人も、そしてどちらもよくわからないという人も楽しんで読んで頂けるように一冊にまとめたものです。

2016年からTwitter上で「愛と数学の短歌コンテスト」を実施し、これまでに2000首以上の数学短歌が生まれました。本書では、このコンテストがきっかけで生まれた短歌を中心に収録していますが、ふだん数学に触れることのない人のために、短歌の下に簡単な解説を付けています。

現在、僕は「数学のお兄さん」と名乗り、ふだん数学に触れることのない人に対してさまざまな切り口で数学を楽しむきっかけをつくる活動をしています。「数学×お笑い」や「数学×恋愛」など、数学と違うジャンルを組み合わせて、座学だけでなく体験や対話を通し、子どもから大人まで幅広く数学の魅力を伝えています。

今回、数学短歌の世界に入りやすくするために、高校生の若い男女を登場人物としたストーリーを挿入しました。この2人には特定のモデルがいるわけではありませんが、数学が好きな男の子と短歌が好きな女の子が実際に出会って仲良くなったら、本当にその場で数学短歌が生まれる確率はゼロではなく、この世界のどこかで2人のような出来事が起きている……なんて想像するだけで、ニヤリとしませんか？

本書を通して、数学と短歌のそれぞれに対して少しでも興味の度合いが上がってくれたならうれしいです。数学も短歌も奥が深い分野です。ぜひ、それぞれの世界にもっと足を踏み入れてください。

横山明日希

文庫版あとがき

数学と短歌。この本を手に取って頂いた方の多くは、この２つの不思議な掛け合わせに興味を持ってくれたのだと想像します。

２０１６年に「愛と数学の短歌コンテスト」からはじまり、２０１８年に『愛×数学×短歌』という名前で生まれたこの本が、２０２２年に文庫版という形で生まれ変わりました。

この本を通して皆さまに知って頂きたいこと、そして伝えたいことをこの「あとがき」にいくつか書かせて頂きます。

１つめ。先ほども触れましたように、コンテストを通して多くの数学短歌が生まれました。数学が好きで短歌を普段から詠まれている方のコンテストへの参加はもちろんなのですが、数学が好きで普段短歌を詠むことがない方、そしてその逆で短歌に馴染みはあるけれど数学とは縁が遠いという方が参加してくれました。一番興味深かったのは、両方ともから縁が遠い人も参加していたということ。数学と短歌が掛け合わさることで、その両方に普段触れない人が興味を持つって素晴らしいことだと考えています。

２つめ。数学や短歌との向き合い方はもっと多様でいいのです。特に筆者は数学と縁が近い立場なので数学を例にします。どうしても普段学校で数学の授業を受けていると「数学の新しい知識を聞いて、そして問題を解く」という向き合い方のイメージを持ちがちです。もちろんそういった問題を解くという行動は大切なことなのですが、筆者は「数学との、新しい向き合い方」を届けたいと考えています。そう、数学短歌は、解くものではなく創作するもの。数学を通して、新しいなにかを表現するという新しい数学との向き合い方なのです。

ぜひ、この数学短歌を通して、数学と短歌との新しい向き合い方に足を踏み入れて頂けたら幸いです。

数学のお兄さん　横山明日希

本書は二〇一八年八月、小社より単行本として刊行された
『愛×数学×短歌』を加筆・修正のうえ文庫化したものです。

たった1°のもどかしさ
恋《こい》の数学短歌《すうがくたんか》集《しゅう》

二〇二二年 七 月一〇日　初版印刷
二〇二二年 七 月二〇日　初版発行

編　著　横山《よこやま》明《あ》日《す》希《き》
発行者　小野寺優
発行所　株式会社河出書房新社
〒一五一-〇〇五一
東京都渋谷区千駄ヶ谷二-三二-二
電話〇三-三四〇四-八六一一（編集）
〇三-三四〇四-一二〇一（営業）
https://www.kawade.co.jp/

ロゴ・表紙デザイン　粟津潔
本文フォーマット　佐々木暁
本文組版　阿部ともみ［ＥＳＳＳａｎｄ］
印刷・製本　中央精版印刷株式会社

Printed in Japan ISBN978-4-309-41905-3